SFV

Rose Ausländer

# Mein Venedig versinkt nicht

Gedichte

S. Fischer

Satz und Druck: Poeschel & Schulz-Schomburgk, Eschwege
Einband: G. Lachenmaier, Reutlingen
Umschlaggestaltung: Manfred Walch, Neu-Isenburg
Printed in Germany 1982
ISBN 3-10-001514-2

# Wirf dein Gewicht in die Wolken

## Einverständnis III

Auf dem Gipfel
trat
das Licht
aus dem Nichts
ein riesiges Rund
an dessen Rändern
Farben blühten

im Einverständnis
mit deinen Augen

## Grün

Den Wald im Arm
ich führe den Baum spazieren
in meinem Labyrinth

Wir wandern durch Atemalleen
verirrte Kinder
laufen uns in den Weg
klammern sich an unsern Schritt

Im Dunkel zünde ich
Glühwürmer an
der Phosphorfaden
führt uns zurück
zum Ausgangswort
Grün
unsre Muttersprache

## Aufwiedersehn III

Ade sagen
mit dem Wort winken

mit dem Wiederwort
            Wiederliebe
            Aufwiedersehn

jenseits der Berge
wo Schnee wächst

und eine Lilienlandschaft
wartet

# Chance

Zum Berg gehn
den Fels herausreißen
aus seiner Lethargie
ihm Flügel zusprechen

Steh auf
aus dem Staub
wirf dein Gewicht
in die Wolken

Diese Chance
gibt dir das Wort
diese Chance
jetzt

## Anfang und Ende

Großstadt
ihre grünen Pausen

Ausflug ins Freie
zum summenden Gras

Flug über Hochhäuser
und Metastasen

Bunter Mythos

Anfang und Ende
Gras

# Der goldene Berg

Der goldne Berg
im Gedächtnis
strahlt

Sein Gipfelgruß
umarmt das Tal

Öffne deine Fenster
laß die Sonne herein

Wirf deine Masken
ins Feuer
empfange das Licht

## Brennpunkt

Wir treffen uns
im Brennpunkt

Er glüht im Kristall
unsrer geretteten
Liebe

Du kennst die Entfernung
zur nächsten Nähe

Mutter mein Kind

# Alle Spuren

Bettler
im rieselnden Reich
streck aus
deine Hand

Die Erde
wirft dir
ein paar Sandkörner zu
seine kalte Schulter
zeigt dir der Mond

Ein Traum Weizengold
ein Venustraum

Alle Spuren
aufgespeichert
in deinem Gesicht
dem Hellseher
erkennbar

## Weißes Haar

Samenflaum
werf ich dir
Wind
an die Lippen

Blas den
Löwenzahnzauber
in alle Winde

Mir bleibt nur
ein weißer Faden
im Haar

## Buch

Daß sich öffne
das Tor ins Abenteuer
Wort an Wort
alle Seitengassen
in den Hauptweg gezogen

wer zählt die Meilensteine
von Schein zu Schein

daß sich öffne
ein Sesam und rolle den Schatz
in Iristiefe

Ackerzeilen rücken
ins Linsenfeld

Baumschatz
Blatt um Blatt
buchstabenstolz
Zweige im Zeichengespräch
wachsend ins Aug

Stamm Wurzel und Laub
in die Pupille
gepflanzt

# Geglückte Flucht

Flucht
in Fußspur
gefangen

Deine Schritte
von Sonne gestählt
trocknen im Lehm

Ist Regen dir gut
glückt die Flucht
bis zur nächsten

Der Verfolger
betrogen
nimmt ein Irrlicht
aufs Korn

## Und die Lindenbäume

Soviele unbewohnte Häuser
soviele geborstene Mauern
soviele Menschen ohne Haus

Funkelnde Lüster
in leeren Sälen
das Lächeln der Kalkengel
zerbrochen

Soviele Worte
gefesselt
entfesselt

Im Luftsarg
deine verlornen Jahre

Plötzlich
ein Embryowort
Augenblicksparadies

im dichten Raum
verbotene
erlaubte
Lust

Und die Lindenbäume duften
wie eh und je

## Glocken

Lausche dem Läuten
der großen Glocken
wenn über den Mauern der Steinstadt
den Staub unter den Füßen
das Schweigen geht
von Mund zu Mund
lausche dem Wohlklang
der erznen Münder

# Das Märchen vom goldnen Buch

Mit goldnen Deckeln
das Buch
hat seine Blätter verloren

Der Wald wuchs in den
Blättern
im Wald
lebte das Eichhorn
ritt auf einer Wolke
fiel in den Regen
der fällt

So sind die
Blätter
ertrunken

## Margerite

Margerite ich rupfe und
zähle die Liebe
zu schnell zu Boden gefallen
die weißen Blättchen
auch wenn ich die gelben
Samenfäden mitzähle
zu schnell beendet die Liebe

Nicht so
wir müssen anders
zählen lernen
um der Liebe willen

## Die Angeklagten

Die Angeklagten
am Ufer
des uferlosen Wassers
waschen eifrig

Von Millionen Menschen
angeklagt
waschen eifrig
am Ufer
des uferlosen Wassers
die Angeklagten
ihre Hände
in Unschuld

# Dennoch

Die Schönheit der Blumen
wohnt in deinen Augen
Dies Wohlgefühl

dennoch
bist du traurig:
zu kurz
dein schauendes Leben
in der Unendlichkeit
der Zeit

## Zeichen I

Wir erkennen dich

an der Schrift gehaucht auf
Schmetterlingsflügel

am Schwung des
Himmelsbuchstaben
Regenbogen

am Feuerstrich des Meteors

an deiner heimlichen Hand
die den Zeiger zückt
gegen das Schmetterlingsherz
gegen unser Herz

erkennen wir dich

# Italien

Immer träume ich zurück
zu deinen Städten
Venedig Rom Florenz
Siena Neapel

Zum Arnalfiweg
zu San Michele
zu deinen Schätzen

Ich verständige mich
mit vier Worten
ja nein rechts links

Die Menschen verstehen mich
antworten mir
mit gütigen Gesten
jeder Blick ein
Willkomm-Gruß

Italien
mein Immerland

# Moosverwandelt

Die Furche
der Erinnerung
im Strom
stürzend
in ihre Bestimmung

Weißwangig
das Schiff
nach dem verlassenen Land

wo auf namenlosen
Hügeln
die verwandten
moosverwandelten
Namen
wachsen

## Spärlich zugedeckt

Geduldig
die Eselin im Sand

An der Klagemauer
trocknen Tränen

Verhüllten Hauptes
ziehen Namenlose
durch die Wüste

dieses trockne Meer
mitten in unsern Reichen

In unsern Armen
ihre Schatten
von Sternenfedern
spärlich zugedeckt

## Zukunft II

Vergiß die summende Melodie
im Samowar
Teegespräche
die zukunftkündende Zigeunerin

Vergiß
das Tischrücken bei der Nachbarin
das klopfende Zukunftszeichen

Heute
erzählt das Radio
Entführungen Morde Katastrophen

Zukunft
sie sehen
heißt fürchten

# Ballspieler

Gefühl des Abstands
Angriff und Schwung
Jedes Vielleicht
wägt er im Wurf

Wenn der Ball kommt
aus der Sonne –
das Licht ist ein Spiel
roter Bälle

Unter allen Sonnenbällen
den festen
fängt die magnetische
Hand auf

## Abschied IV

Trauert
um deine Augen
das Licht

Abend
dein spätes Land

Abendland

Weiß
der Schwan
seine Zeit
vorbei

Heimliches
unheimliches
Lied

Abend
sein spätes Land

Abendland

## Februar

Im Schneehemd
fallen flüchtende Engel
aus den Wolken

Wir schwimmen
im Strom
ihrer gebrochenen Flügel
Eistränen
auf den Wimpern

Der Wind
bläst die Posaune

## Magnolienbaum

So schön
warst du noch nie
Magnolienbaum

Ja
ich sag es dir
jedes Jahr

Du wiederholst dich
in mir

## November

Regenheisere Stimmen
aus Rost
Im Wind fällt der Himmel
ins Schloß

Alhambra
das helle Schloß
Im Wasserspiegel die Wahrheit
maurische Muster
Muschel Geschlecht und Umarmung
Schrecklich die Strafe – umsonst
unter der Sonne immer wieder
falsch war der Schwur

Soviel Glanz und Tücke an
flüchtige Augen vergeudet

Schiefe Gassen
der Atem im Regen rostet
die Feuer verlöschen

Halten die Häuser zusammen

## Du bist es

Wo verbirgst
du dich Bruder

Im Blättergeflüster der Rose
im Regen
in einem Traum

Kennst du deine Gesichter
die sich runden
in mir

Du bist es
ich erkenne dich
verschweige dich nicht
ich spreche dich an

# Altenheim

In den Hundstagen
sitzen die Alten
im Baumschatten

Springbrunnen
sprechen sie an
auf dem Kobalthimmel
wandern Lämmerherden

Die Alten denken zurück
ans hastende Leben
das sie verlassen haben
das sie verlassen hat
sie erfinden es im Traum

Kommt
laßt uns Bingo spielen

## Täuschung

Gebeugt
über den Brunnen

aber
da ist kein Brunnen
nur Wasser

kein Wasser

ein blauer Schatten
im Schnee

## Meine Tochter

Meine Tochter zürnt mir
weil ich ihr nicht schenke
was sie sich wünscht
Mond und Sterne

Ich biete ihr Sonnenstrahlen an
nein sagt sie
die Sonne mag ich nicht
ich kann ihr nicht ins Auge sehn

Ich erzähle ihr das Märchen
von Dornröschen
Gib mir
den Prinzen
er soll mich heiraten
befiehlt sie

Warte ein Weilchen
antworte ich
inzwischen erzähl ich dir Märchen
aus tausendundeiner Nacht

Dies ist die erste Nacht

# Orient

Unvermittelt
im Orient
bei Harun-al-Raschid

Wir zaubern
gemeinsam
tausendundeinen
Raum

für meine Freundin
Scheherazade
die listig
Überlebende

## Niagara Falls III

Betäubender Tag

Drei
bunte Himmelssäbel
schneiden ins Fleisch
der stürzenden Flut

Schnaubend
in weißer Gischt
fällt ins Wasser
die Zeit

# Nicht Gold

An Gipfeln
seine Verse messen

Vatertreue
Muttertraum

Aus der Tiefe
zu den Sternen

Nicht Gold
Das Wort das eine
Welt erschafft

## Die Sonne fällt

Herbst
sein spröder Geist
im Bild der Farben

Brücken fieberblau

Die Sonne fällt
ins kranke Gold

Die Sonne
fällt das Laub

## Kann man

Natürlich kann man
der Spinne zusehen wie sie
ihr wunderbar schreckliches
Netz spinnt
schwarze Zauberkugel
mit luftfarbnen Fußfäden
Flügelchen einfängt
Regenbogen verschlingt

Natürlich kann man
unruhig ruhig beobachten
man muß nicht verzweifeln
weil Flügel tägliches
Brot werden
Raubtier will leben
wie du

Kann man

## Erinnerung

Über den Abend
gebeugt

Sterne
namenlos
stürzen ins Vergessen

Aber
unbefangen
dein Bild
in meiner Macht
wahrgeträumt

Ich küsse die Hand
die mich schlägt
mit einer Rose

## Es war einmal II

Es war einmal
ein Märchenerzähler
der hieß Eswareinmal

Er erzählte
unzählige Märchen
kleinen und manchen
großen Kindern

Die Kleinen träumten davon
die Großen erzählten sie weiter
Kleinen und manchen
großen Kindern

Die Geschichten
fangen an
mit den Worten
Es war einmal

# In einem Kreis voller Ecken

## Inseln

Eine Insel voller Seerosen
Rings die Landschaft
eine Blumenschau

Der Engel im Boot
nimmt Brautleute
den Priester und
zwei Rosen auf

Die Hochzeit

Laßt uns auswandern
bittet die Braut

Wohin

Zur Insel wo
die Äpfel reifen

## Geburtstag

Der Geburtstag
wird immer schwerer

die Angst hat Angst
vor dem Geburtstag

Der Geburtstag hat Angst
vor der Angst

Laß mich leichter
geboren werden

# Krieg

Mit dem Erlkönig
reiten

Rings
seine flammenden Töchter

Kleine und große
Kinder
umarmen die Angst
ihre hilflose Mutter

## Schwarze Fahne

Wie dich erreichen
Bruder

Unter welchen Äpfeln
schläft dein Vertrauen

Geht das Echo meiner Frage
in deine Richtung

Ich warte auf den Wind
der manchmal eine
Brieftaube ist
manchmal ein Spürhund

Ein Wort genügt
ich kenne deine Schrift
Auch den Widerhall
deines Schritts

Unsre Länder
vom Wissen verwöhnt
sind zynisch geworden:

sie nageln eine schwarze Fahne
an unsre Ferse
um unsre Spur

zu verfinstern

## Strohblumen

Ein Chor
erschreckter Stimmen
zusammengefegt
vom Wind

Luftvertontes Finale
aus Braunspiralen

Es riecht
nach entblätterten Fragen

Die Antwort
welkt dir entgegen

## In Ehren

Wir
die Verbannten mit der
Trauer Verwandten die
der Tod unsterblich gemacht

wir halten die neuen
und alten
Tränenverse
in Ehren

## Tanz

Ich tanze auf Eis
Wind mein Partner
rechtsum linksum
Schneegeröll

Im Eisfeuerlicht
wir tanzen
die fröhliche Trauer
Gesternhoffnung
Morgengefahr

# Jom Kipur

Getröstet
vom Wort Versöhnung

in deiner Arche aus Angst
sieh dein Spiegelbild
in der Sintflut
vergangenen Jahres

Heute
darfst du dich sattfasten
deine Tränen trinken

Versiegelt
wird heute
der Schicksalsbrief

Du wirst ihn lesen
den bittern den süßen
Tag für Tag

bis zum
nächsten Jom Kipur
oder bis
du die Augen schließt
für immer

Morgen
regnet es wieder

# Trockener Sommer

Im Hof die Frauen
mit Bingo und
Gesprächen

aufgenommen von
schwarzen Spiegelbildern
der Bäume

Das Laub tanzt
im Windatem
Vögel mit spitzen Schreien
suchen ihr tägliches Brot

Unbarmherzig der Himmel
hat seine Regenquellen
geschlossen

Keine Gnade
die Hungernden
werden verhungern

## Nie

Nie
werde ich
die Drossel erreichen

nie mit drei Lauten
umzugehn wissen
als wären sie
alles

# Im Krieg

Erblindete Stadt
im Dickicht der Straßen
spinnt das Grauen ein Netz

Kinder
ihre Angst in sternlosen Augen
Krüppel wachsen wie Pilze
im Blutmoos des Gettos
Auf Fensterkreuzen hängen Gerippe
Soldatenkappen bedecken Totenköpfe

Der Alpdruck wandert als Bettler
von Tür zu Tür
Wir legen unsre Herzen
in seine Schale

## Zeichen II

Mit Quecksilberworten
die Welt begrüßen

Hauchblüten öffnen sich
Vögel umarmen das Laub

Der Tag träumt
die Nacht ist wach

Jahreszeiten spielen
mit den Menschen

Die warten auf Zeichen
von Wurzeln und Sternen

Es heißt
die Zeichen erlernen

## Aufgeschoben

Stroh in der Vase
mit Atem geizt
der ihn gibt

Juwelen unter der Erde
dem Maulwurf zur Wonne
Wein oder Essig
im Schlauch

Aufgeschoben die Welt
wenn keiner Wiederkehr
kündet

Der Schrank frißt
Wolle und Werg
Aus Kleidern fallen Motten
trunken vom
Staub der nicht stirbt

## Dienen II

Ich habe Flügel und
viele Gestalten

bin Biene und Mensch
suche Blumen und Worte

Ich diene meiner Königin
der zärtlichen raubstarken
im fleißigen Spiel

Ich kann liebkosen
und stechen
taufrisch-himmlisches
Erdengeschöpf

## Antennen

Manchen Antennen
vertrau ich

Mondfinger
auf meiner Haut

Mit den Fingerspitzen
drück ich die Nacht
an die Sterne

um mich von ihrem
Magnet zu befreien

Zu welchem
Unstern
gerissen

## Vater unser

Vater unser
nimm zurück deinen Namen
wir wagen nicht
Kinder zu sein

Wie
mit erstickter Stimme
Vater unser sagen

Zitronenstern
an die Stirn genagelt

Lachte irr der Mond
Trabant unserer Träume
lachte der tote Clown
der uns einen Salto versprach

Vater unser
wir geben dir zurück
deinen Namen
Spiel weiter den Vater
im kinderlosen
luftleeren Himmel

# Neujahr III

Großäugig
ein Kind
geschoben
in die Arena

noch nicht beschnitten
noch nicht getauft

Wer deutet
das Mal auf seiner Wange
das Sternspiel seiner Augen

Ein Matador
wird er
sein

wie schlau
wie stark

mit wieviel Stieren
messen
sein Leben

## Brüder

Vergiß nicht:
wir sind Brüder
uraltes Geschlecht

Wir leben
in einem Kreis
voller Ecken

Auf das Gesicht der Welt
klebe ich ein
Schönheitspflaster:
mein Wort
und rufe deines

denn wir sind Brüder
aus dem Nichts
der Ewigkeit

## Auf einen Monolog von Thomas Bernhard

Melancholie
wenn die gleichen Wörter zu dir
zurückkommen
deine Toten dich besuchen
Dinge dich quälen
die es nicht gibt

Melancholie dein Suchen
nach Menschen die du erfindest
deine erfundene Wirklichkeit

Melancholie

sie wirbt um dich hinter
geschlossenen Lidern
so hell als gäbe es nichts
als dies enorme
finstre Licht

## Nähen

Mit meinem Haar
näh ich
die zerrissene Welt
Loch an Loch
zusammen

Ich nähe und nähe
hab mich schon
kahlgenäht

aber die Welt
platzt an allen
Nähten

## Mensch Rabe Schnee

Ruf ich den Menschen
kommt der Rabe
bringt Schnee
und krummen Schrei

Die Kartoffel
gibt mir Mehl und Mineralien
Was will ich mehr

Von Grünspan
bemooste Kupfertöpfe
haben abgedankt
Die Aluminiumzeit
ist angebrochen

Die stachlige Luft
läßt den Menschen
nicht zu mir heran

Ich zeichne
seinen Umriß
in den Schnee:
Futter für Raben

## Der Baum

Aus seinen Wurzeln
wächst er
dem Himmel zu

Ringe
umschlingen sein Herz
erzählen seine Jahre

Vögel verstehen
seine Laubsprache

Wer ihn fällt
erkennt sein Alter
nicht
seine Jugend

## Vielleicht I

Vielleicht
im April
wenn der Wind
an das siebenverschlossene Tor
rüttelt

öffnet
vielleicht
der Hüter
behutsam
die eherne Tür

du erblickst
vielleicht
durch einen Spalt
den transparenten
Granatapfelbaum

vielleicht
erkennst du
in einem roten Kristall
dein Urbild

hörst dort
vielleicht
dein Aprilherz pochen

ehe der Hüter
das Tor
wieder schließt

## Gemeinsam II

Regen hat uns getauft
kein andrer

Wir haben mit Christus geteilt
das Wasser
es schwamm mit uns allen
durch den unterirdischen Strom

Am Strand aßen wir
Sand und Sonne
und teilten mit Christus
das Wasser

Gemeinsam
hungerten wir und
blieben am Hunger
hängen

# Der Seher

Der Seher
sieht
die schwarze Fahne
auf halbmast

Das Haus ist gestorben
die Straße begraben
die Stadt war
eine wahre Erfindung

Der Seher
sieht
Moos

## Ausgewiesener Mond

Nie zuvor
ward der Mond
schneller zuschanden
Er zerfällt
wie Zucker im Tee

Er vertraute uns
zog sorglos den Zirkel
um blindes Licht:
ein Kind

Ausgewiesen
von unserm Traum
heimatlos
geht er um
am entgötterten Himmel
von unserem Schatten
befleckt

## Novembergrab

Kranz im Wind
Nebelflagge
auf halbmast gehißt
Gold übernahm den Namen

Wo bist du
der hier liegt
welchem Wind zugeweht
eingehaucht welchem Stern
dein Atem

Webstuhlstimme
Schiffchen von Wort zu Wort
Silben flimmern
im Gedächtnis

Granitgewicht
wie schwer
wiegt dich die Nebelmutter
küßt dich die Windsbraut

Buchstabenstroh im Asternspruch
Bald nähen weiße Nadeln den
Raum zusammen zwischen dir und
Nachbarnamen

Auf hohem Stengel der Docht
blüht gelb ans Seelenheil

Friedhofsvögel
stimmt an ein frommes Lied
Im Krähenchor
weint der Wind

Astern sterben
ohne Vogeltrost

# Mehr Salz

Ich seh mir alle Augen wund
an Wunden

höre mir alle Ohren taub
am Schergengelächter

Lager aus Dornen
von Rosen umsäumt

Die haben es schön
schreien die Schergen und
lachen sich satt

Salz aller Augen
mehr Salz auf die Wunden

Rot hauchen die Rosen
ihre Seele aus

## Entfernt

Ich bin weit entfernt
von mir

Komme mir
selber entgegen
und erwarte mich

Die Erwartung bleibt
hinter mir zurück

## Die Rose welkt

In der Vase
das Rosenherz
öffnet sich

Der Garten im Zimmer
ist endlos
ein Traum aus roten Blättern

Die Mutter kommt
mit Wasser
und einem zärtlichen Spruch

Ich kann aus meiner Stummheit
nicht erwachen
sie nicht begrüßen

Schon welkt die Rose
und ich
welke mit ihr

## Nacht IV

Die Sonnenbiene
hat den Stachel verloren

Gassen schweigen
einander an

Schwarzer Tiger
sträubt sein Sternfell
im Fenster

Träume
verfolgen einander

Unsichtbar
atmet
die Luft

## Einsicht

Du bist ausgezogen
die Welt zu lernen

Ich bin nur dein Schatten
folge dir Schritt auf Schritt

Sei beruhigt
ich verfolge dich nicht
ich kann ohne dich
nicht leben

Aber ich wundere mich
über die kurze Strecke
die du zurückgelegt hast
in den vielen Jahren

Haben Kometenstürze
dich irregeführt

## Verlust III

Die Stille hat eine
schrille Stimme

Mit leerem Schnabel
kommt die Taube

Wer hat
die Botschaft aufgefangen

## Brücken

Verleugne nicht
den Hahnenschrei

Er schlägt
eine Brücke zur Sonne

Sie schlägt
eine Brücke zu dir

## Gras

Verwachsen
mit Junggras
Totgras das süßer duftet

wuchsen wir
in den Tag
oft
vom dunklen Gemurmel
der Großen
erschreckt

Bomben fielen
Stiefel zertraten
das Gras
es wuchs weiter als wär ihm
nichts geschehn

Rauft ihrs Gras aus
regnets
sagten sie
wir glaubtens

Halme unsre Blumen
pflückten wir
kommen soll Regen
das lebende Silbergras
fiel uns ins Haar
da wuchs es schneller
und schöner

So wuchsen wir auf
unter Sonnenblumen
und Kanonen
hörten das Gras wachsen
im Hof und
am Friedhof

# März

Ich bin ein Kind

Schneemänner
Windfurien
Speere aus Eis

Ich bin ein Kind
und spiele
März
mit Kinderschatten

im mutterlosen
Land

# Wo sich verbergen

Wo
wenn der Regen abspringt
von schmutzigen Ziegeln

wo
wenn der Damm reißt im
Gedächtnis und die
gestauten Wasser hervorbrechen

wo
sich verbergen

wenn sie dich anfallen
ungestüm
und sich verbünden mit

stürzenden Himmeln

## Mai 1940

Narzissen
mit goldweißem Duft

Regen wäscht
die blaue Maihaut

Bäuerinnen
Körbe auf dem Kopf
bringen Gemüse zum Markt

Ein Junge spielt eine
melancholische Melodie
auf der Mundharmonika

Maikäfer tanzen
um Laternen

Ein Dichter schreibt Verse
an die drohende Zukunft

## Eidechse

Kleine reizende Eidechse
ich werde dich nicht
zertreten

Dein Weg über Steine
wie meiner
deine Gefahr
wie meine

zertreten zu werden

## Ende der Weisheit

»Am Ende der Weisheit«
heißt das Wissen
daß es zu Ende geht
mit dem Wissen
daß alles anders ist
als du glaubst

Du glaubst du hast
dies und das
und weißt nicht
daß nichts dir gehört
und du machtlos bist

Du Schöpfer deiner Gedanken
in Augenblicken
wenn ein Stern sie
dir diktiert

Im nächsten Moment
weißt du nicht mehr
ob du
du bist
»Am Ende der Weisheit«

# Diogenes

In der Tonne wohnen
wie jener Grieche

Keine Reise ist weit genug
seinen Blitz
zu erreichen

Ich schenk dir eine Bitte
sagt der König
er kennt sein Sesam
nicht die diamantscharfe Zunge
des Weisen

Geh sagt der
geh mir aus der Sonne

## Genügsam

Aus einer Höhle
das Haus
Hier wohnen wir
legen die Lampe ins Licht
Stroh in den Herd
das Feuer soll nicht frieren

Fällt Manna oder Schnee
Wir zaubern:
Tischlein deck dich

Kalkweiß das Brot
Wein oder roter
Feuerschein im Wasser

Wir nehmen ein das Mahl
Keiner sieht uns
Im Fenster die Sterne
haben starre Wimpern

## Meerschaum

Euch
ihr versunkenen Götter
opfere ich die
meerschaumgeborenen Jungfrauen

Ich bin aus Erz
an mir
prallen die Wellen ab
meine Stirn reicht an den Stern
Unbekannt
den ihr mir anvertraut habt
vor meinem Anfang

Nehmt die Sinkenden auf

## Berglandschaft

Riesen verbrüdert
seßhaft
altes Geschlecht

Lautlose Schritte
Schatten
Tiere

Ringe
zeichnet die Zeit
in die Bäume

Quell
silberne Lippe
murmelt
was die Tiefe verschweigt

Serpentinen zur Spitze
weiten dein Wissen
wohin

über Schlaf und Gestein
geistert
ein Sternenkreis

# Das Glück

Einmal Gott Engel Mutter
einmal von Tauben umworben
auf dem St. Markusplatz
einmal ein Rubinring
der Liebe verspricht
einmal schreit es VIVAT
und schenkt einen Titel
einmal ein Gedicht
das heraufschwimmt aus dem
Blut ins Gedächtnis

Sein Gesicht eine Sonne
seine Hand ein Zirkel der zieht
Kreise um Kreise um Kreise
um einen Anfang

# Frieren

Wenn der Frühling
mit seinen Blumen
friert

Der Sommer
erkältet ist und
der Regen hustet

der Herbst rot wird
vor Kälte

und der Winter
vereist

was wärmt
deinen Traum

## Anonym

Ein Gruß
von fremden Lippen
in der Taubstummensprache

Wenn Bahnen sich kreuzen
ein Mund gibt dem andern
ein Zeichen
ins fliegende Fenster
anonym

Nimm es mit
leicht zu beherbergen
unter dem Kissen
eine Lichtspur

## Alle Menschen werden Brüder

An allen Haltestellen
der Befehl
einsteigen aussteigen

Wir steigen ein ins Rollen
wir rollen ins Unterwegs
steigen aus

Wir rollen
durch die rollende Erde
durch Apparategeratter

Irgendwo
in einem verstohlenen Winkel
spielt eine Zauberkapelle
die Neunte von Beethoven

## Fastnacht

In schwarzen Kutten
die Stunden ähneln einander
wie blaugefrorene Sterne
mit Vierzackenkronen

Fasching
der Erlkönig mit Kometenschweif
winkt
im Nachtwald
tanzen die Töchter

Vermummt das Schicksal
lacht in der Fastnacht
der Jahrbaum legt an einen Ring
leg an leg ab die Maske
tanz mit dem Karneval
in der Fastnacht

Einsam das Erlkind
vergißt seinen Namen
Raupen – Schmetterlingsnamen
Rumpelstilzchen
du weißt
sprich ihn nicht aus
in der maskengeschützten
Mummenschanznacht

# Im Augenblick

Wüßt ich
wieviele Namen
dieser Augenblick hat

Kinderstimme im Greis
das Stadtgespräch
geht über die Grenze
ein Mißverständnis
von Land zu Land
mein Ohr ertrinkt
im Redefluß

Jetzt bist du gestorben
wann wirst du geboren

Im Augenblick
regnet es

# Auferstanden II

Auferstanden im Regen
die Toten
fallen über uns her
mit der Kraft Vergangner
lassen uns nicht allein
einen Augenblick

Wir leben mit ihnen
sie waschen uns gründlich
wie man Leichname wäscht
versprechen uns ewige Wohnung

Auferstanden
mit den Gestorbnen
wir gehen nicht unter im Strom
getauft von den Toten
mit Tränen

Da wächst unser Haar
da wächst im Haar unser Tod

# Wir Auferstandene
# vor unsrer Geburt

## Regenwörter

Regenwörter
überfluten mich

Von Tropfen aufgesogen
in die Wolken geschwemmt
ich regne
in den offenen
Scharlachmund
des Mohns

## Heimat II

Du schwimmst
auf dem Meer
der Unendlichkeit

Glückt es dir
eine Küste zu erreichen
wird ein Stückchen Erde
deine Heimat

## Sabbat II

Heute ist
die Haut der Erde
zart

das Messer schläft
das Feuer schläft

Am Scheitel der Mutter
der Friedensengel
bewacht das Haus

Weißbrot und Wein
Gast
unser König

Wir singen
den siebenten Tag
wir rühmen
die Ruh

## Der Himmel

Meine Mutter
schenkte mir die Erde

und hat mir
den Himmel vermacht
der mir die Mutter
gab
und nahm

# Damit

Birnenverschlossene
Kerne
erdbitter

damit
die reife Gestalt
süß werde

## Rilke

Holt ihn wieder zurück
jenen
der mit Göttern sprach
wie mit seinesgleichen

Ekstatisch
elegisch
heiter
atmete er
das Leben
und seine
Wandlungen
ins Gedicht

## Altes Zeichen

Kommt ein Vogel
ans Fenster
denk ich an dich
das alte Zeichen

Wir liefen
durch Spiegellicht
der Wind holte uns ein
trieb uns weiter
ins Dickicht der Nacht

Die Sternstraße
hieß uns
willkommen

## Bleiben

Von Norden nach Süden
von Ost nach West

einsammeln
Wind und Glut
Sonnenaufgang
und
Sonnenuntergang

Mit dem Wind anblasen
die Glut
den Aufgang schüren
nicht untergehn

# Auferstehung

Vor seiner Geburt
war Jesus
auferstanden

Sterben gilt
nicht
für Gott und
seine Kinder

Wir Auferstandene
vor unsrer Geburt

## Träumende Heimat

Ich küsse dich Nacht
meine träumende Heimat
Deine Stille
ist die Wahrheit
nicht der Tag mit
seiner lauten Wirklichkeit
Ich liebe dich
und deine zahllosen Lichter
du schenkst mir
den schlaflosen Traum
flüsterst Liebesworte
und gibst mir Mut

## Nehmt sie

Nehmt
meine Wiederworte
in Kauf

Mein begrabenes Leben
auferstanden

um mit euch
zu leiden
zu feiern

## Im Süden

Mit den Zugvögeln
nach Süden ziehn

Wo die Sonne
uns liebt

wo Palmen
ihre Fächer öffnen

wo die Flüsse
Silber sind

wo wir aufgenommen werden
freundschaftlich

## Der Tag

Der Tag ist ein Berg
Du mußt ihn täglich besteigen
Lawinengeröll
Taugras Wipfel die
den Himmel im
Gleichgewicht halten

## Daß sie schmelze

Daß sie schmelze
die Kruste Schwermut –

Sonne
ich werde nicht ruhn
bis du mir einschenkst
den feurigen Wein
aus deinem Lichtblut
gekeltert
im himmlischen Keller

Ich werde nicht ruhn
bis du mir Bescheid tust
Sonne

Laß mich trinken
den glühenden
von deinem Kelchrand
rollenden
Tropfen Traum

## Mit Schwert und Vergißmeinnicht

Wenn wir doch wieder
zu uns selber zurückkämen

mit Vergißmeinnicht und Schwert
uns selber
begrüßen und bedrohn

denn es ist unsere Schuld
daß es Schwerter gibt

unsere Freude
am Vergißmeinnicht

## Von Mund zu Mund

Von Mund zu Mund
das tägliche Brot
kommt uns teuer zu stehen

Mühlen aus Wind
haben den Boden verloren
auf Wolkenleitern
steigen Fenster ins Nichts

Gib was du nicht hast
Liebe dem Nachbarn
am Rand einer Rinde
ernährt sich die Not

Was wir verlieren
sparen wir
Schein um Schein
im begrabnen Krug rosten
verjährte Münzen

Fischworte beten
von Mund zu Mund
Amen segnet
das Zeitliche

# Erfinden

Hast du eine
neue Legende erfunden:
daß Frieden
die Welt umarmt

Lebst du nicht
von Krieg zu Krieg
von Angst zu Angst

immer wieder
auf der Flucht
nach einer Osterinsel

Traum
die wunderbare
Himmelsgabe

aber auch deine Freude
hat einen Schatten

Erfinde eine neue List:
wie ein Mensch
dem andern helfen kann

»A rose is a rose is a rose«
Gertrude Stein

## Gertrude

geht dem Wort voran    kommt ihm entgegen
hört es
geduldig an während es vorüberspricht    holt es ein    hält
Schritt mit ihm einmal zweimal dreimal    eine Rose
ist eine Rose ist eine Rose

Gertrude strömt im Wortstrom geht nicht unter
schwimmt
gegen die Strömung nicht um die Bewegung aufzuhalten
PANTA REI    sie ist einverstanden filmt Bilder Worte
einmal zweimal dreimal    eine Rose ist eine Rose
ist eine Rose

Alle Worte strömen mit Gertrude    isoliert    verbunden
Verbündete im Strom    einverstanden    wachsend die Rose
ist eine Rose ist eine Rose    einmal zweimal dreimal
ist
wahr

## Der Brunnen II

Ich komme zurück
zum Brunnen

noch hängt an der Kette
der Eimer

Ich tauche ihn
in die Tiefe
hole ihn hoch

trinke Erinnerung
über den Himmel
gebeugt

## Erwartung II

Mit einem Winterwort
segnet der Himmel
die Erde

Die letzten Blätter fallen

Scharf zwinkern die Sterne
da der Tag schläft

Kennst du
das Wurzelgeheimnis

Die toten Bäume träumen
ihre verschollene Welt

Werden sie auferstehen
wenn das Laub erwacht

## Freiheit

Freiheit
wenn sie dich zwingen
ihr Leben zu leben

vorgeschriebene Gebete
zu lallen
an den Götzen eines Namens

Das befohlene Glück
sag Amen
oder nimm Abschied

Die bestellten Worte
ich bin frei

# Dulcinea

Wo
schläft mein Ritter

Ich Dulcinea
Kuhmagd
dien ihm im Stall

Spanische Königstochter
vor der Geburt

Das weiß
Don Quichotte
beweist es den Mühlen
die mich verspotten

Viele Tode gestorben
für mich

Melk ich die Zeit
schwimmt
sein Gesicht
im weißen Spiegel
verjüngt

Ich melke
für Spanien
für dich

Die Toten werden nicht alt

# Traumgeld

Mohnflaum im Kissen
unter den Füßen
Sand

Wandern –
aber du weißt:
der Kreis hat keine
Lücke

Dein Erbstück
die Stundenmühle
mahlt dir Schneemehl
ins Haar

Zähl deine Sterne:
Traumgeld
Es reicht für ein Lager
im Gras

Das Zuckergesicht
im Mond
lächelt verschwommen
löst sich im
Wolkendunst auf

# Der Mensch

Zwei zahllose
Lippen und Ohren
unendlich zwei Augen

Wie die Wangen
sich wandeln

Fünffingriges Blatt seine
Handinschrift

Wort
sein Widerspruch
und Widerhall

Freude Haß Liebe
Fragen

## Bergpredigt

Der Berg predigt
dem atmenden Tal

den Menschen unten
die das Gipfelrot
lieben

## Mein Venedig

Venedig
meine Stadt

Ich fühle sie
von Welle zu Welle
von Brücke zu Brücke

Ich wohne
in jedem Palast
am großen Kanal

Meine Glocken
läuten Gedichte

Mein Venedig
versinkt nicht

## Meer

Grammatik
meine Alchimie

Ein Buchstabe Sand
eine Silbe Sonne
ein Wasserwort

Flüssiges Gold

## Festnächte

Mit dem Rotstift
kreuze ich die Festnächte an

Im Sekundenschlaf
leben die Taten
diktieren mir
alte Verse
auf die Zukunft

## Nichts bleibt wie es ist

Ich träume mich satt
an Geschichten
und Geheimnissen

Unendlicher Kreis aus Sternen
ich frage sie
nach Ursprung Sinn und Ziel
sie schweigen mich weg

Den Orten die ich besuche
gebe ich neue Namen
nach den Wundern
die sie mir offenbaren

Nichts bleibt wie es ist
es verwandelt sich
und mich

## Wunsch II

Ich möchte mich
ins wahre Leben
schreiben

Kein Ziel
nur Wege die
zu Worten führen

Spuren auf die
man sich verlassen kann

# Mai II

Mit Maiglöckchen
läutet das junge Jahr
seinen Duft

Der Flieder erwacht
aus Liebe zur Sonne
Bäume erfinden wieder ihr Laub
und führen Gespräche

Wolken umarmen die Erde
mit silbernem Wasser
da wächst alles besser

Schön ists im Heu zu träumen
dem Glück der Vögel zu lauschen

Es ist Zeit sich zu freuen
an atmenden Farben
zu trauen dem blühenden Wunder

Ja es ist Zeit
sich zu öffnen
allen ein Freund zu sein
das Leben zu rühmen

# Inhalt

## Wirf dein Gewicht in die Wolken

## In einem Kreis voller Ecken

Wir Auferstandene vor unsrer Geburt